천년의 시 0131

# 나의 문턱을 넘다

**천년의시 0131**
나의 문턱을 넘다

**1판 1쇄 펴낸날** 2022년 6월 3일
**지은이** 김영관
**펴낸이** 이재무
**기획위원** 김춘식, 유성호, 이형권, 임지연, 홍용희
**책임편집** 박찬세
**편집디자인** 민성돈
**펴낸곳** (주)천년의시작
**등록번호** 제301-2012-033호
**등록일자** 2006년 1월 10일
**주소** (03132) 서울시 종로구 삼일대로32길 36 운현신화타워 502호
**전화** 02-723-8668
**팩스** 02-723-8630
**블로그** blog.naver.com/poemsijak
**이메일** poemsijak@hanmail.net

김영관 ©, 2022, printed in Seoul, Korea

ISBN 978-89-6021-633-4
      978-89-6021-105-6 04810(세트)

**값** 10,000원

나의 문턱을 넘다

김영관 시집

천년의시작

## 시인의 말

겨우내 입었던 무거운 옷을 벗듯이
몇 채 동안 묵혀 놓은 시작詩作들을
봄을 핑계 삼아 슬그머니 밀어 놓는다.
세 번째 시집인데,
나의 시가 '시의 옷'을 제대로 입고 있는지
억지로 껴 맞추고 있거나
너무 헐렁하여 겉돌지는 않은지
간단히 말해 내가 시를 써도 되는지
이런저런 생각이 앞선다
그나마 다행인 것은,
시를 쓰면서 지금보다 나은 '나'를 생각했고
보지 못한 것을 보고, 관심 가지려 애써 왔다.
그래도 내게 시를 쓰는 일은 헛수고는 아닐 성싶다.

2022. 봄
무위당無爲堂에서

# 차 례

시인의 말

**제1부** 살며 생각하며

# 내 마음의 기울기

　반지하 월세방에 비가 오면 물이 차올라 현관에 쭈그려 앉아 쓰레받기로 물을 퍼냈다 퍼낼 때는 이만하면 됐다 싶어 돌아서면 어느새 또다시 물이 찼다 원인을 찾아야겠다 싶어 주변을 찬찬히 살펴보니 기울기가 문제였다 마땅히 빗물이 빠져나갈 곳이 없어 비가 오면 주변 빗물이 모여들었다

　내 마음에도 너를 향한 기울기가 있었다 세차게 밀어내면 더 빨리 찾아왔고, 살며시 등 내밀면 가다 말다 하며 다시 왔다 밀어냈던 용기보다 다시 찾아온 설렘이 더 컸기에 이게 아닌데 싶으면서도 다 젖도록 너를 담았다 너를 온전히 밀어내기 위해서는 기울기를 안에서 밖으로 바꿔야만 했다

　그리움은 마음의 기울기가 밖에서 안으로 향하는 일이다

# 아가, 봄이란다

아가, 봄이란다
집에만 있지 말고
무건 옷 벗어 던지고
들에나 나가 보렴
보리 싹 뽀드득 뽑아
연한 심 씹어 보고
찔레 순도 따다
깨물어 보렴

아가, 봄이란다
집에만 있지 말고
낫 들고 곡괭이 들고
산으로 나가 보렴
연한 잎 따다 무쳐 먹고
새순 따다 데쳐 먹고
쌀 물 가득 칡도 캐어
배고플 때 씹어 보렴

아가, 봄이란다
집에만 있지 말고

어매 좀 도와 다오

표 난 자리에 서너 알씩 넣고

손으로 묻어 두렴

콩도 심고 깨도 심고 고추도 심어야제

뮈시라도 신거야

뭐시라도 묵을 게다

# 양동이 물을 건들디

언제나
양동이에 물이 가득 차 있었다
멀리서 보면
양동이만 보일 뿐
그 안의 물이
가득 차 있는지 어떤지 알 수 없었다

당신은
양동이에 물이 보이지 않는다며
한사코 양동이에는 물이 없다고 했다
설령, 있다고 해도
보잘것없을 만큼 있을 거라고
마음대로 단정하고 추측했다

방법을 찾다가
거짓이 아니라는 것을 알리기 위해
어쩔 수 없이
수시로 양동이를
발로 툭툭 차야 했다
양동이 물은

살짝만 건드려도 출렁거리며 넘쳤다

내 사랑도 그랬다
누군가
내 마음을 발로 차 주지 않으면
당신에 대한 사랑이
가득 차 있음을 알지 못했다

# 4월의 악수

4월에
온갖 싱그러움과
부드러운 악수를 해 보라

먼저
낮은 것부터 시작하여
눈높이에 따라
민들레, 패랭이, 유채, 회양목
개나리, 찔레, 철쭉
사철나무, 꽃단풍, 목련, 벚나무까지

손바닥에 느껴지는
보드람과 따스함이
간지럽게 느껴질 것이다

가을이면
제 것을 지키기 위해
바싹
가시를 세우는
탱자나무마저도

4월 한 달은
수줍게 아기 손을 내민다

나도
4월 한 달은
저들처럼
부드러워야겠다

# 도마와 칼

또각또각 또각또각
열심히 산 기억밖에 없어
나도
처음엔 곱고 예뻤어

평생을 무던한 견딤 속에서
평생을 온몸으로 칼을 받았어
그게 열심히 사는 거라고 알았어

수만 번의 칼질을 견뎌 내며
내 살도 같이 떨어져 나갔지
그러는 동안에
본래의 모습을 잃어 갔어

내 몸의
세월의 곡선이 눈물겨웠던지
그새 칼날은 무뎌지고
손잡이도 헐거워졌어
너도 그만 미안했을 거야

＞
우리는 서로 찍고
서로 견디면서
너는 괜찮냐고 나는 괜찮다고
서로를 위로했을 거야
내 몸 위에
더 이상
아무것도 놓이지 않을 때

내게 남은 마지막
일 하나
힘껏!
큰 칼질을 받아
아궁이에 던져져
뜨겁게 타올라
마지막 식재료를 익히는 거야

# 두릅

여린
두릅을 따다
찬물에 담가 뒀어

두릅은
제 숨이
끝난 것도 모르고

맑게 찬물로
세수를 하고

일곱 살
계집애마냥
왜 그래요?
하는 표정으로

물 밖으로
한 손을 뻗어
올려다봤어

# 배를 가르다

가을볕 좋은 날
배를 갈라 양쪽으로 벌려
햇볕을 쬐고 싶다

따뜻한 온기를 느끼며
소장과 대장을 손목에 감고
아랫배 깊이 손을 넣어
방광까지 지그시 눌러 본다

내가 먹고 마시는 것들을 따라
차례차례 촉진을 한다
개, 돼지와 다를 것이 없다

내 속은 이리도 단순한데
마음은 뭐가 이리도 복잡할까
속을 열어 봐도 내 마음을 몰라
내 속 아닌 것들을 밀어 넣고
아래에서 위로 지퍼를 올린다

# 대패가 옹이를 만날 때

대패를 멈추게 하는 옹이
대패가
어떻게 옹이를 넘을까 주저한다

날이 상하더라도
단번에 넘을까
조금씩
옹이를 달래며 넘을까

끌과 망치가 있으니
대패가 할 일이 아니라고
말해 버릴까

대패가
옹이를 대하는 태도가
나를 닮았다

# 매미

고개를 쳐들어
연푸른 날개를
파르르 떠는

까만 눈을 가진
매미 곁에는

갈색 눈에
등이 갈라진 채
속이 텅 빈
딱딱한 미라가

고개를 숙여
웅크리고
앉아 있었다

# 같은 처지의 절실함


흙을 만지다 보니
손톱에 흙이 낄 날이 있다
손 씻고 세수할 때는 보이지 않던 것이
이제 좀 쉴까 하면 보이는 손톱의 흙

오른손 왼손 손톱이 의좋게 도와 가며
손톱의 흙을 파낸다
결국
서로 같은 처지에 놓인 것들이
그 절실함으로 서로를 돕는다

어제는 생선을 먹다 가시가
목에 걸려
눈은 빨개지고 눈물이 날 정도였다
역시
손가락으로 해결 못 하고
혀와 입 안 놀림으로 해결했다

생선을 먹다
입 안에 가시가 박히거든

입 안 사정으로 두고 볼 일이다

함부로

손가락을 집어넣을 일이 아니었다

# 입장 차이

밤새
내린 눈이
나뭇가지마다 소복이 앉았다

집 앞 느티나무 까치집에
까치 한 마리

둥지 주변을
이리저리 오가며
경쾌하게 꽁지를 내젓는다

눈이 온 설렘일까
당황함일까

까치의 심정을 헤아려 본다

둥지는 눈에 묻히고
사방 먹잇감도 눈에 묻혔다

까치 발은 바이올린 활처럼

콩콩 튕겨지고
허공을 내젓는
오케스트라 지휘봉 같은 꽁지

그것은 당황함이었다
내게는
그저 한 폭의 겨울 풍경이었지만
까치에게는
생사의 문제였다

# 겨울 빨래

햇볕 좋고
바람 있어야만
빨래가 마를까

겨울 빨래는
햇볕 짧고
바람 없어도

고개 숙인
가장자리에
물기둥을 달고

빨랫줄에
접힌 자리부터
얼거니 녹거니
서서히 마르고 있다

빨래는
내버려 둠과 기다림의
어디쯤에서

제 일을
성실하게 해내고 있었다

# 낮잠

딱히
졸리지도 않았다
시간이
빨리 가라고
그냥
낮잠을 잤다

자고 나니
3-4시간이 훌쩍 지났다
혼자
씁쓸한
시간 계산을 한다

오늘은
3-4시간을 벌었다

**제2부** 시가 나를 꾸짖다

# 등으로 일하다

온종일
고된 일을 하니
등 뒤쪽이 아파 온다

삽질하고 호미 들어
앞만 보고 일을 했는데
이상한 일이다

그래,
사람은 결국 등으로 일을 한다

앞으로 좋은 것만 보고
맛있는 것만 먹다가
고된 일은 등이 맞는다

침을 등에 맞고
파스를 등에 붙이고
등을 밟는 이유가 여기에 있다

# 슬픔에 대하여 1

내 안의
여린 호박순이
슬금슬금
돌담을 넘다가
이리저리 허공에
손짓만 하다가
아무것도 붙잡을 것 없어
고사리 같은 빈손을
가만히 움켜쥘 때
나는 문득
슬픔을 느꼈다

산다는 것은
지친 나를 이끌어
여기저기
거미줄을 치는 것인데
가끔은
내 마음 어디에도
걸칠 곳을
찾지 못할 때

스스로

거미줄을 몸에 둘둘 감고

나는 슬픔을 생각했다

# 슬픔에 대하여 2

눈물샘의
깊이를 들여다보려
눈물샘에
우물을 판다

그 깊이
때문에
내가
살까 말까

눈물의
수맥을 찾아
끊기 위해
눈물샘에
수저를 들어
우물을 판다

# 슬픔에 대하여 3

무거운
첼로 소리가
한여름 낮
어둠을 물어 오고
굵은 빗소리를
몰고 오더니

첼로의 활이
성냥개비가 되어
슬픔의 불을
끌어당겼다

활은
빗줄기를 켜며
낮은 소리로 울다
물방울을 튕겨
눈가에
옮겨 놓았다

# 슬픔에 대하여 4

화단에
잡초를 정리하다
돌아설 공간을 찾지 못해
뒷걸음에
꽃대 몇 개 짓이겨 버렸다

아까운 마음에
차마 뽑아 내지 못하고
안타까움을
꾹꾹 눌러 묻어 뒀는데

성한 줄기에
꽃 무리 시들어 갈 때
죽은 줄 알았던
꺾인 줄기에
동무 꽃보다 늦게
작은 꽃망울 하나 맺혔다

고개를 한쪽으로
한참을 떨구고
한적한 곳을 향해
누워서 웃고 있었다

# 시를 쓰다 1


시를
쓴다는 것은
내 마음의
빗장을
조금
열어 두는 것

그래서
낯선 이의
호기심 어린
방문을
음흉한 미소로

숨죽이며
즐기는 것

# 시를 쓰다 2

시를 쓰면서
시처럼 살지 못했다

시의 기교를 좇아
나를 꾸미고
은유로
날 감추기도 했다

내 시가
내 삶이
그렇지 않으면서

당신들의 삶은
마땅히
그래야 함을
미숙한 언어를 통해
희롱하였다

내 삶이
곧 시가 되지 못하고

내 시가

내 삶을 꾸짖는 것을 들으면서

나는 시를 쓴다

# 시를 쓰다 3

나는 이럴 때
시를 쓴다

시를 쓴다는 것은
마땅히
그래야만 하는 일이
그렇지 못할 때

끝까지
인간성을 놓지 않는 일

그렇게
하고 싶지 않더라도
결국
그래야 하는 일일 때

나는 내 안에
문득문득 치솟는
악을 꽉 깨물고
어쨌든

선을 발하려

나는 이럴 때 씨를 쓴다

# 시를 쓰다 4


시를 낳기에는
나의 시심의 자궁이
늙었다고 여겼다
시적 생리도 멈추고
시와의 뜨거운 사랑도 나누지 못해
나는 이제 더 이상
시를 낳을 수 없다고 여겼다

어느 날 시와의
뜨거운 교감도 없었는데
자판을 두드리는 손끝이
입덧을 하고
늦둥이를 낳는
설렘과 기다림을 안고
시를 낳으러
분만실에서 산통과 싸웠다

아무거나 좋으니
뭐라도 낳으려고 힘주다가
산통을 못 이겨 그만,

제왕절개로

미숙한 시 한 줄

모니터 화면에 검게 낳았다


시가 아니었다

나를 닮은 아이도 아니고

숨 쉬는 아이도 아니어서

황급히 Del 키로 지워 버렸다


서글픈 마음이 들어

낙엽 하나

대문 거미줄에 걸어 놓았다

# 시를 쓰다 5
—시의 언어


세상에
그물을 던져라

처음부터
조급하지 말라
빈 그물이
더 많을 것이다

온갖
잡어雜語들이
올라오면

시로 쓰지 못할
기계어器械魚와 월척越尺은
세상에 다시 던져 버리고

비린내 심하고
고약하게 생긴 놈을 골라

모양도 다르고

두께도 다르게
포를 떠라

한 점 한 점
펼쳐 놓고 보면

이것들이
또 다른 한 마리가 되어
폴딱거리며

다시 세상으로
풍덩 돌아간다

비로소
시를 잡은 것이다

# 당신이 시야

어느 날
당신이 내게 물었다

맨날 시 쓴다며 땅만 보고
멍하니 하늘만 올려다보지 말고
나 좀 보고 나를 시로 써 봐요
입꼬리 한쪽으로 흘리면서 말했다

당신이 시야

# 네가 시야

어느 날
학생이 발을 걸듯 물었다

선생님, 시 쓴다면서요?
입가에 장난기 가득 담은 채
이마와 볼에서 피어나는 붉은 벚꽃에는
꿀벌이 날아든 것 같은 아이였다

나를 보고 나를 시로 써 주세요
입꼬리 한쪽으로 흘리면서 말했다

네가 시야

# 매실 같은 사내

그는 소주에 담긴
매실 같았다

곁에 머물면
늘 소주 냄새가 났고
뺨에서 목덜미로 내려오는 주름이
소주에 담긴 매실 같았다

그래서 그이는
싱겁지도 무르지도 않고
시큼하면서 톡 쏘는 매실 맛이 났다

그는 쭈글쭈글한 겉모습과 달리
야무지고 단단한
씨를 품고 있었다

그것이 자존심인지
깡인지 알 수 없으나
용기라고 보기에는 무모함이었다

\>

분명 속까지 무른 사람은 아니다 싶었다

매실주 한 모금

혀에 담고 그를 생각했다

제3부  본능적인 그리움

# 어머니의 밥

어머니, 저예요
식사는 하셨어요?
응, 그려…… 난 묵었제,
너는 밥은 묵었냐
한 달 만에 한 통화에
우린 서로 밥부터 확인했다

밥은 먹었냐는 어머니의 말이
어찌 밥만 들어 있을까
어디 아픈 데는 없냐
직장 생활은 할 만하냐
애들은 잘 있냐
집은 편안하냐
이런 모든 것들이 들어 있다

그러나 나는 알고 있다
어머니의 밥에는
설령 이런 것들 중 어느 하나
문제가 생기더라도
밥은 먹고 다니라는 말인 것을

# 천장遷葬
—부모님 산소를 이장하며


인생사 다 부질없구나
십 년도 안 돼 없어질 몸을 지니고
일 년도 안 돼 없어질 근심을 품고
바람에 맞서는 억새처럼
담벼락을 타고 넘는 넝쿨처럼
참 모질게 살았구나

우리 부모님이 그랬구나
당신 살을 깎아 자식들 먹이고
마른 거죽으로 바람 막아 우리를 품고
평생을 맛난 것, 좋은 옷 모르고
팔자에 없는 편안함과 게으름 멀리하고
지독한 가난과 힘든 농사일을
평생 굼벵이처럼 흙만 일구며 사셨구나

산과 나무들아! 강물과 새들아!
너희는 한결같이 변함이 없건만
세월이 흘러 부모님을 백골로 마주하니
한없이 인자하고 자애롭던 그 모습은 뵐 수가 없구나
살아서 모진 고생, 죽어서 한 삽도 못 되는 흙이

우리 부모님의 헛헛한 인생이었구나

선산의 나무와 새들아!
은빛 물결 찬란한 섬진강아!
너희가 다정한 동무가 되어
우리 부모님 이곳에서
꽃도 되고 바람도 될 수 있게
너희가 도와 다오
너희가 우리 부모님을 지켜 다오

# 아버지의 죽은 살

우리 네 식구 입에 들어갈
푸성귀를 꿈꾸며
알량한 텃밭을 가꾸고 화단 일군다고
볼펜이나 잡고 분필이나 잡던 손에
삽과 곡괭이 잡았더니
엄지손가락 마디에 자리 잡은
콩알만 한 죽은 살

검지 손톱 끝으로
죽은 살 뜯어 보려 튕기다
문득, 먹구름으로 밀려오는
아버지의 죽은 살
소나무 등껍질 같았던 아버지 손에는
살아야 할 살들을 지켜 내기 위해
죽은 살이 자랐다
죽은 살이
손가락 마디마디 손바닥 언저리 가득
독불장군처럼 지키고 있었다

어릴 적

아버지의 죽은 살을 손톱으로 건드려 보다가
한번은 꼬집어 보았다
'아부지 아파요?'
아버지는 연한 미소와 함께
알 수 없는 표정을 지으시며
'더 시게 혀 봐라'
나는 꼬집을 힘이 부족해
앞니로 아버지의 커다란 죽은 살을
깨물기까지 했다
아버지는 아프다는 말은커녕
'그거 떼 내면 니가 묵을래?'
하며 농을 던졌다

아버지의 죽은 살이,
장닭 발톱 같은 손톱이
얼마나 많은 흙을 일궈 냈을까 생각하니
아버지는 살기 위해서 흙을 만졌는데
나는 먹고 살 만하니
흙장난이나 하는 것이었다

# 어머니 뒷모습

그 옛날 어릴 적
마루에 대나무 바구니 가득 무를 담아 놓고
무채를 썰다가
문득
무 한쪽을 잘라 입에 한 번 베어 물고
앞마당 한쪽을
한참 동안 바라보는 어머니를 본 적이 있다

어머니의 시선이 향한 곳에는
마당 두엄자리만
덩그러니 쌓였을 뿐이었다
어머니는
큰 한숨 한번 몰아쉬고 또다시
'사각사각' 무채를 썰었고,
나는 아무 맛도 없고 심심한 그것을
몇 개 입에 물며 어머니를 빤히 올려다봤다
무에서 피어나는 매운 기운 때문인지
도무지 알 수 없지만
어머니는 눈물 한 방울 도마에 떨구셨다

>

그날 저녁

〈전원일기〉 회장님 댁 안주인이

마루에서 고추를 다듬다 말고

우리 어머니처럼 한참을 멍하니

마당 한쪽을 내려다봤다

# 우리 엄마

해묵은 엄마의
흑백사진을 보다
너무 작은 몸집이
엉뚱한 의문을 물고 간다

어찌
저리 작은 몸에서
내가 왔을까

어찌
저리 작은 몸이
열하나를 거두셨을까

# 모 숭근 날

일 년 묵을 나락을
오늘 숭것웅게
나는 오늘은
안 묵어도 배불러

쪼깨여,
요것 쫌맨 잡솨 바
상추 한 줌을
꽃다발처럼 싸서
내미는 곡성댁

모 숭근 날은
곳간에 나락이 가득 찰
가을을 꿈꾸는 날
안 묵어도 배부른 날

## 귓밥에 대한 단상

귓구멍이 간지러울 때가 있다
오래된 문갑 서랍을 열어 보면
언제나 세 개의 귀이개가 있었다
차갑고 아플 것 같지만
시원하게 귓속을 긁어 줄 것 같은 쇠 귀이개
좀 깊이 들어가도 덜 놀랄 것 같지만
영 신뢰가 안 가는 플라스틱 귀이개
낭창낭창 조금은 어설퍼 보이지만
부드럽고 따뜻하게 긁어 줄 것 같은 대나무 귀이개

나는 대나무 귀이개를 들고
엄마 무릎을 베고 모로 누워 엄마 냄새를 맡는다
엄마는 내 귀를 형광등 불빛을 따라
이리저리 잡아당기며 채굴을 시작한다
엄마는 내 손바닥을 펴게 하고는
들어낸 귓밥을 한 땀 한 땀 줄을 맞춰 진열한다
그것들을 내 눈으로 보니
아무리 귀를 세게 당겨도 아프단 말을 못 하겠다
처음으로 어떤 대가를 얻기 위한 아픔을 참는 연습을 했다

>
엄마는 연신 '어휴, 요거 봐라, 이거 봐라' 하면서
어머니의 공을 높이고 더러운 내 귓속을 나무란다
엄마의 손놀림에 따라 섬뜩섬뜩 놀라기도 하고
적당한 아픔과 적당한 시원함을 느끼다가
시원함보다 아픔이 커질 때
엄마는 검지로 귓바퀴 주변을 한번 빙 돌려 주고는
채굴을 마쳤다

# 부부

우리 서로 다른 곳
다른 모습으로 태어나
어느새 두 몸이 한 몸이 되어
모든 것을 함께하네

그대의 집이 내 집이고
그대의 자식이 내 자식이고
그대의 건강이 내 건강이 되고
그대의 기쁨과 슬픔이
내 기쁨과 슬픔이 되네

그대의 부모가 내 부모가 되고
그대의 형제가 내 형제가 되고
그대의 고향이 내 고향이 되었네

이토록 긴 시간을
그대는 곧 나였고
나는 그대였는데
때로는 내가 나를 울리기도 하고
가끔은 내가 나를 힘들게도 하여

나는 또 다른 나에게 항상 미안하다고 하지만

또 다른 나는 나를 보며

그대는 곧 나라 하며 눈물짓네

# 봄바람

방금
벚꽃을 스친
봄바람을
그대에게 보내노라

달큰한 바람
그대 입가에
스치거든
입 맞추어라

코끝에
벚꽃 향 닿거든
크게 호흡하라

나
그대 안에 머물도록

# 나무를 새기며 1

나무에 마음을 새기다
나무를 만져 보니 알겠다

수많은 간격을 두고 있으나
멀지 않고
수많은 질감을 갖고 있으나
똑같지 않고

쉬이 다룰 수 있으나
철보다 단단하고
좀처럼 길을 내주지 않으나
진흙보다 부드러웠다

# 나무를 새기며 2

평면의 나무는 고요했다
고요한 표면에
창칼을 박아 망치질하며
그 속을 들여다본다

칼과 끌로 자르고 긁어내니
아름다운 결 속에는
수많은 물관이 숨어 있었고
죽은 물관은 살점이 뜯겨 나가는 것을
결을 따라 붙잡고 있었다

죽은 나무 결 속에는 수많은 물관이
아직 자라고 있었다

# 굳은살

엄지 안쪽에
언제부턴가 굳은살이 만져졌다
그 강도를 알기 위해
검지 손톱으로
꾹꾹 눌러 보다 생각했다

내 마음에도
굳은살이 있었으면
그래서 어떤 일에도
잘 견뎌 내고
심하게 요동치지 않았으면

앞으로
살아갈 날 길지 않은데
더 이상
마음을 맞을 때마다
찌르르하지나 말았으면

# 염소 장학생

우리 집 11남매 가운데 가장 먼저 하늘에 계신 부모님 곁으로 가 버린 다섯째 형의 이야기다 오래전 형이 갓 중학교에 입학한 3월 중순 어느 날 찬비가 부슬부슬 내리는 날이었다 마침 송아지를 낳은 터라 대문 밖으로 나가지 못하게 사다리가 가로놓여 있었다 식구들 가운데 유난히 몸피가 작은 형은 학교에서 돌아오면서 웬 염소 새끼 한 마리를 끌고 왔다 음매- 음매- 울던 염소가 사다리를 넘지 못하자 헐렁한 검은 교복을 입은 형이 똑같이 생긴 검고 여린 염소를 안고 힘겹게 대문을 넘는 것을 마루에 앉아 놀던 나는 신기한 눈으로 바라보았다

형이 이른바 염소 장학생으로 선발된 것이었다 공부를 곧잘 했던 형은 입학 성적이 좋아 염소 장학생이 되었다 입학하면서 새끼 염소를 받고, 졸업 전까지 다시 새끼 염소를 학교에 반납하는 제도였다 형과 우리는 학교가 파하고 나면 염소를 끌고 다니며 풀을 뜯기러 다녔고, 염소가 잘 먹겠다 싶은 풀이나 대나무잎, 아카시아잎을 훑어다 주곤 했다

염소는 무럭무럭 자라 곧 교배가 가능할 만큼 성장했다 가을이 끝날 무렵 형은 뒷집 숫염소가 매인 근처에 우리 집 염소

를 매어 두고 학교에 갔다 이렇게 하면 염소끼리 심심하지도 않고, 운 좋게 교배도 될 거라고 생각했다 그런데 일이 벌어지고 말았다 학교에서 돌아와 보니 이웃집 염소와 밧줄이 엉켜 우리 집 염소가 목이 졸려 죽고 말았다 해 질 녘 형은 죽은 염소를 안고 대문을 넘으며 큰 소리로 울고 말았다

다음 날 저녁 밥상에 처음 보는 고깃국이 올라왔다 아버지와 엄마는 아무렇지 않게 국물을 들이켰지만, 형과 우리는 국그릇에 둥둥 떠 있는 붉은 기름만 보고 있었다 아버지는 소고깃국 한번 먹어 보지 못한 우리에게 그냥 소고깃국이다 생각하고 먹으라 했지만 우리는 형의 눈치만 살피고 있었다 형은 큰기침을 한번 하더니 국물에 밥을 말아 먹기 시작했다 나는 그날 처음으로 소고깃국이 이런 맛이란 걸 알게 되었다

돌아오는 순창장 날 엄마는 새끼 염소 한 마리를 사 왔다 형은 그 염소를 키울까 말까 오랫동안 고민하다가 다음 날 학교에 새끼 염소를 반납했고, 그 염소를 같은 반 다른 학생이 데려갔다 형의 염소 장학생은 그렇게 끝나 버렸다

# 내력과 외력

—TV 드라마 〈나의 아저씨〉를 보고

'힘내요!'라는 말을

붙들고 있다가

드는 생각이 있다


힘든 일이 닥쳤을 때

왜 '힘을 내라!'라고 할까

굳이 도움을 주겠다면

'힘을 받아!'라고 하면 될 것을


나 자신을 움직이는 동력은

언제나 내 안에 있었다


삶이란 외력을 내력으로 버텨 내는 일

외력이 이기면 내가 쓰러지고

내력이 이기면 내가 일어서는


내력의 소중함

내 안의 힘

결국,

삶은 외력이 아닌

내력으로 버텨 내는 것이었다

제4부  사소한 것에 대한 성찰

# 함양 고종시


지리산
햇빛과 바람이
서늘하게 말려 낸

알맞게 숙성된
달콤하고 쫄깃한

중년의 불알들이
오십 개씩
한 줄로 묶여
주렁주렁 매달려 있다

# 목욕탕에 가면

목욕탕에 가면
내 인생 모두가 있다

아빠 품에 안겨 들어와
가슴 높이만 한 대야로
이리저리 물을 퍼다 나르는 아이와

늘어난 물안경을 쓰고
냉탕을 수영장 삼아
이리저리 자맥질하는 소년과

몸피는 작아도
이제 막 아지랑이 음모가
피어오르는 사내아이와

대야 가득
거품을 풀어 놓은
아이를 들어 올려
천장을 보게 하고
머리를 감기는 젊은 아빠와

&gt;
홀로
탕 안에 몸을 담그고
아래턱을 내려
작게 신음하는 중년과

엉덩이에 반 근도 안 될
살점을 달고
조심조심 들어와
초라한 등을
아들에게 맡기는
다시 아이가 돼 버린 노인과

목욕탕에 가면
과거의 나와 지금의 나와 미래의 내가
내일을 살기 위해
한 바가지의 물을 주고 있다

# 침묵의 위로

나무가
말을 한다면
난 숲을 찾지 않았겠지

우리 집 반려견이
말을 한다면
무릎에 올려놓고
쓰다듬지 않았겠지

바다가 말을 한다면
답답하다고
바다를 찾지는 않았겠지

위로는
다만 곁을 주고
같은 곳을 바라보며
침묵하는 것

# 표현의 불편함


표현되는
불편함이 있다

생각만으로 그칠 것을
말하지 말 것을
쓰지 말 것을
굳이,
표현되어 불편한 것이 있다

내게는
더 많은 것들이
생각만으로
머물 것이 있다

# 해바라기

씨앗 몇 알
화단에 묻을 때
꽃이나 볼 수 있을까
꽃은 욕심일 거야
떡잎이라도 볼 수 있음
다행일 거야

아무런
애정도 기대도 없어 그랬을까
네가 나보다 더 크게 자랄지도
혼자 큰 것이 원망스러워
그래서 나에게 고개를 돌려
해만 바라볼지도
집주인이 미워 담장 밖으로만
고개를 돌릴지도
미처 알지 못한
나의 오기

네가 이토록 환한 미소를 가질지도
가녀린 풀이 나무를 품을 수 있다는 것도

네가 동네 어르신들에게
나보다 인사성이 밝은지도
뒤늦게 한낮 씨알 몇 알에서
종아리를 얻어맞는다

# 비

봄꽃 만발할 때
생명 주는 비는
색시비, 싸락비, 실비, 잔비

여름 땡볕
달래 주는 비는
발비, 작달비, 장대비, 주룩비

알 수 없는 가을 날씨
심술 궂은 비는
도둑비, 먼지잼, 궂은비, 산돌림

겨울 눈꽃도 못 피워
비인지 눈인지 모를
보름치, 그믐치, 그리고 술비

비가 내린다

# 5월의 비

5월의
어느 아침
내리는
이 비는

여린 새순
파내는 비가 아니라
마른 땅
스며드는 비여라

꽃잎 때리는
비가 아니라
꽃잎 닦아 내는
비여라

# 백년손님

백발이 성성한 사위가 왔다
처마 밑에서
조선낫처럼 허리가 굽은 장인이
씨암탉을 잡는다
사위는 뭐하러 생명을 죽이냐며 만류하지만
장인은 그래도 그런 것이 아니라며 손사래를 친다

팔순의 장인은
닭 모가지를 휘감아 앞발로 지그시 밟고
'닭아 미안허다, 닭아 미안허다, 미안혀잉-'
닭만 들을 수 있는 소리로
연신 중얼거린다

얼굴에 잔주름이 처용의 얼굴 같은 장모가
마루에 쭈그려 앉아
그 모습을 보고 있다가
닭을 향해 낮은 소리로
'구구구구······ 구구구구구'
닭을 위로한다
'아프지 않게 해 줘요, 잉--, 살살 죽게 해 줘요'

'구구구구……  어째…… 구구구구구, 아이구…… 구구구
구……'

진혼곡을 부른다

# 오래된 기둥

오래된 집에
오래된 기둥이 있다

양반다리 책상에 앉아
책을 보다가
한 번씩 천장을 올려다보고 싶을 때
내가 뒤로 넘어지지 않게
나를 지탱해 주거나
빈집에 오래 머물 때
헛헛한 마음을 의지하고 싶을 때
흔쾌히 품을 내주는
오래된 기둥이 있다

집 안에서
나보다 키가 큰 것을
안아 보는 일은 낯설다
유년 시절
한없이 근엄하고 인자하셨던 아버지는
오래된 기둥처럼 포근했으나
아무 때나 쉽게 안기지 못했다

>

집수리할 때

집 안 한가운데 없애지 못한 오래된 기둥이

70년이 넘은 이 집만

떠받치고 있는 것은 아니었다

잿빛 냄새 스며든

오래된 기둥은

내 공간에

나와 함께 숨 쉬는 연인이었다

# 사정이 있어요

하고 싶은 일을 할 때
'사정이 있어요'라고 말하지 않다가
하기 싫은 일을 하지 않을 때
'사정이 있어요'라는 말에 동의할 수 없다

하고 싶은 일을 하는 것과
하기 싫은 일을 하지 않는 것에
서로 다른 사정이 있을 수 없다

하고 싶은 일과 하기 싫은 일은
사람마다 다 사정이 같다는 것

어떤 일이든
하고 싶으면 하고 싶은 사정이
하기 싫으면 하기 싫은 사정이 있다

# 우림로 45번 벗나무

학교 앞 근처
우림로 45번 가로수에는
5월이 와도 꽃이 피지 않았다

몇 해 전 추석을 앞두고
큰아빠가 식탁 위에 올려놓은
자동차 키를 몰래 가져다

고교생 친구 네 명이
무면허 운전을 하다
가로수에 크게 받치고

네 명 모두 명을 다한 후로
우림로 45번 벗나무는
해마다 나뭇잎이 무성한데
벗꽃이 피지 않았다

# 아주 심기

4월 텃밭은 자신감이 넘쳤다
충분한 밭갈이와 거름이 뿌려졌고
이만하면 감당할 만한 텃밭이라서
게으름 피지 않고 알뜰히 키워 낼 것 같았다

당신을 텃밭에 듬뿍듬뿍 파종했다
많으면 많을수록 텃밭을 가득 채울 것 같아
사이를 두지 않고 당신이 가득 피어나도록
이랑을 벗어나도록 당신을 뿌려 댔다
당신을 빨리 보고 싶고
많이 보고 싶은 마음뿐이었다

온화한 날씨와 적당한 봄비를 맞고
당신이 눈을 떴다
작은 떡잎 두 개를 달고 여기저기서
'나 여기 있어'라고 까꿍 놀이를 하는 당신은
금방이라도 푸른 떡잎 날개로 내게 올 것 같았다

당신은 하루하루 몸을 키워 갔다
좁은 땅을 한 발로 빼곡히 서 있기도 하고

한쪽으로 점점 밀려 쓰러지기도 했다
이랑을 벗어난 몇몇 당신은 키가 크고
옆으로 새로운 줄기를 뻗고 있었다

당신은 너무 많은 당신들로 인해
줄기는 가늘고 제대로 잎을 달지 못해 시들어 갔다
결국 손끝에 아쉬움을 실어 당신을 하나하나 솎아 내야 했다

우리의 사랑도 그러했다

# 폭염 경보


어제도 오늘도
살갗을 델 폭염 경보
타들어 갈 것 같은 이런 날씨도
뭔가 하는 일이 있을 것이다

벼의 알곡을 차오르게 하고
밭작물의 해충을 몰아내고
뭐든 하는 일이 있을 것이다

우리가 폭염보다 더 견디기 힘든
한증막에 들어가는 이유와 같을 것이다

# 만추晩秋

오색 단풍 꽃뱀이
동면을 준비하러
바위틈에 끼어 들 때
가을의 꼬리를 물어 당기며
허공에 잡아챈다

꽃뱀은
오색 처연한 군무를 추고
나는 꽃뱀의 비늘 한 조각을
손에 쥐고
창공에 오색 색칠을 하고 돌아선다

가을은
아쉬움의 파편을
어깨 위에
바짓가랑이에
현관문 앞에
하나씩 따라와

나의 문턱을 넘는다

**제5부** 시詩로 쓰는 생기부

# 시로 쓰는 생기부

―방풍나물

남해 바다
돌섬 절벽 위
방풍나물 닮은
섬 소년을 본다

가끔
너의 까만 눈동자에
남해 바다의
출렁거림이 보인다

# 시로 쓰는 생기부

—피어싱

나뭇가지를 지나가기 위해
바람은
제 몸을 찢어야만 했다

바람은
아무런 일 없었다고

다시
한 몸이 되어 가 버렸다

# 시로 쓰는 생기부
―뿌리채소의 비밀


감자밭 이랑에
파뿌리만 한
감자 순

흙을
파 보기 전에는
미처 몰랐다

저리도
여린 순이
이렇게 큰 감자를
달고 있는 줄

# 시로 쓰는 생기부
―열정과 용기

비가 오는 날이면
온몸에
비를 담고 들어서는 아이

사계절
반바지 반팔 티
ROK Army

성실함과
무모함의 경계에서
연민이
물기를 닦았다

# 시로 쓰는 생기부

—대나무


마른
대나무는
쉽게 부러져도

반나절
붚에 불린 대나무는
생대나무처럼

쉬이
휘어진다는 것을
너무 늦게 알았다

# 시로 쓰는 생기부
—까치밥지기

늦가을
까치밥으로
남겨 두었던
홍시 하나

감나무
가장자리 홍시를
마지막까지

가장
잘 지켜 줄 것 같은
아이였다

# 시로 쓰는 생기부
―철새의 지향

무리를 이뤄
하늘을 나는
철새가
어디 한 줄로만 날더냐

앞에서 날고
뒤에서 날든
모여 날고
흩어져 날든

철새가
도달하는 곳은
모두 똑같다

# 시로 쓰는 생기부

—스윗 보이

사람도
맛이 있다면
가장
달콤한 아이였다

어제는
너의
표정이 그랬고

오늘은
너의
말이 그랬다

# 시로 쓰는 생기부
―선한 노력


믿음을 주면
도움을 주고
칭찬을 주면
성실을 주어


어쩌나 보자


아무것도
주지 않았더니
노력을 주네

# 시로 쓰는 생기부

—급식소에서

몇 날을
무단결석하더니
갑자기 나타나

식생활관
밥만 먹고 가려는
너를 붙잡고

어쨌든
밥은 먹어야 살지
내일도 꼭!
밥 먹으러
오라고 했다

# 시로 쓰는 생기부

—기분 좋은 자퇴


자신의 길을
분명히 알고

자신이 가야 할 길을
스스로
선택한 아이

속상한
자퇴 처리만 하다가

처음으로 해 본
기분 좋은
자퇴 처리

# 시로 쓰는 생기부
―모범생


뭐든 잘했고
뭐든 잘하고 있고

뭐든 할 수 있는
모범생

언제
자신을 낮춰야 하는지

언제
자신을 내세워야 하는지
이미 알아 버린 아이

# 시로 쓰는 생기부

—느림과 빠름의 미학

동물의 제왕

사자

거룩한

걸음걸이를 보라


항상

어슬렁거리며 걸어도

필요한 순간


먹잇감의 목숨보다

몇 걸음 빠르다

# 시로 쓰는 생기부
―편견을 깨다

늦가을
서해 바다 갈매기가
학교 하늘까지
날 때가 있다

갈매기가
바닷가에만
머물 거라는 생각은
잘못되었다

# 시로 쓰는 생기부

—어른 아이


어른만 한
몸집에

아이의 감성이
살고 있다

아이는
때때로

어른 옷을 입고
노랑 풍선을 들고
서 있었다

# 시로 쓰는 생기부

—입김을 불어 넣다

떡갈나무 숲을
거닐다

도토리 한 개
주워다

입김 몇 번
불어 넣었다

먼지를
불어 냈을 뿐인데

어느새
새싹이
올라오고 있었다

# 시로 쓰는 생기부

―역시 실장

때로
너를 통해
내가 배우는
것들이 있다

때로
네가 나보다
낫다는 생각을
할 때가 있다

학생이
교사를
성장시킨다는 말을
너를 통해 확인한다

# 시로 쓰는 생기부

—풍류객

너의 마음에
낙락장송
한 그루 심어진

멋과
풍류가 있고

너의 표현에
비단결
재단하는

섬섬옥수가
있어라

# 시로 쓰는 생기부

—재주꾼

밀림 강가에
물을 마시러 나온

새끼 누우
한 마리

물속 악어보다
빠르게

용수철처럼
튀어 오른다

# 시로 쓰는 생기부

―우리 반 피카소

너의 끼가
그림이 될 때

너의 재주를
그림으로 본다

너는
그림을 그리고

그림은
결국 너를 만들 것이다

# 시로 쓰는 생기부
—자주 아픔


어제는 허리가
오늘은 배가

내일은 머리가
아플 예정

몸의 아픔이
잦다 보면

마음에도
옮겨지나니

심위형역心爲形役하지 말고
털고 일어서라

# 안 보이는 것을 상상하는 힘
—김영관의 시 세계

박태건(시인, 문학박사)

## 1. 믿음에 대하여

　김영관의 세 번째 시집에 실린 시들은 안 보이는 것을 상상하는 힘으로 쓰였다. 낭만주의는 자신에게 소중한 존재들을 호명하며 발전해 왔다. 1부 '살며 생각하며'에는 일상에서 '번쩍' 빛나는 발견이 주를 이루고 있다. 2부 '시가 나를 꾸짖다'는 내면의 자아와 대화가 주를 이룬다. 2부의 화자는 과거의 특정 시간으로 소환되는 '어른 아이'다. 이 아이는 시적 순간을 통해 은밀히 자신을 드러낸다. 어쩌면 시를 쓰는 것은 내면의 방을 공개하고픈 시인의 욕망이다. 시에 대한 메타텍스트로서 시를 쓰면서 시인은 자신에 스며든 과거의 순간과 현재의 삶을 들여다본다. 결국 객관화란 자신이 자신에게서 벗어났을 때 이루어지는 것이다. 3부 '본능적인 그리움'은 사부곡과 관련된 작품을 중심으로 수록하고 있다. 4부 '사소한 것에 대한 성찰'은 일상생활에서 새롭게 깨달은 바를 시적 상상력을 가미해 풀어낸 글이다. 어쩌면 우리는 언젠가 다가올 이별을 예감하지만, 순간의 아름다움을 위해 자신의 모든 사랑을 쏟아붓는지도 모른다. 이 장에 실린 작품들은 일상에서 발견하는 사랑에 대한 깨달음을 시인의 성실함으로 포착해 냈다. 5부 '시로 쓰는 생기부'는 소재에 대한 독특한 접근 방식으로 시인의 현재 모습과 학생들에 대한 따뜻한 시선을 그대로 보여 준다. 시인의 삶 중 학생이 차지하는 비중이 크기 때문에 그의 일상을 자연스럽게 시로 녹여 낼 수 있었다.

오랫동안 예술은 진리를 드러내기 위한 방법이었다. 그런 의미에서 묘사는 구체적 현실을 드러내는 좋은 도구였다. 카라바조의 그림 〈의심하는 성 토마스〉에서는 한 사내가 손가락을 예수의 상처에 넣는 것을 묘사하고 있다. 예수는 말한다. "네 손가락으로 내 손을 만져 보아라, 또 네 손을 내 옆구리에 넣어 보아라. 그리고 의심을 버리고 믿어라." 예수가 부활한 것을 '볼 수 없었던' 토마스는 말했다. "나는 내 눈으로 그분의 손에 있는 못 자국을 보고 내 손가락을 그분의 옆구리에 넣어 보지 않고는 결코 믿지 못하겠소." 담담하게 자신의 옷자락을 풀어 헤쳐 보이는 예수의 모습은 착잡해 보인다. 망설이면서도 기어코 검지를 뻗어 예수의 몸에 넣는 제자의 표정은 여전히 믿지 못하겠다는 표정이다. 의심은 상처를 후비는 손가락과 같다.

## 2. 봄 들판에서 '발견'하는 시

아가, 봄이란다
집에만 있지 말고
무건 옷 벗어 던지고
들에나 나가 보렴
보리 싹 뽀드득 뽑아
연한 심 씹어 보고
찔레 순도 따다
깨물어 보렴

아가, 봄이란다
집에만 있지 말고
낫 들고 곡괭이 들고
산으로 나가 보렴
연한 잎 따다 무쳐 먹고
새순 따다 데쳐 먹고
쌀 물 가득 칡도 캐어
배고플 때 씹어 보렴

아가, 봄이란다
집에만 있지 말고
어매 좀 도와 다오
표 난 자리에 서너 알씩 넣고

손으로 묻어 두렴

콩도 심고 깨도 심고 고추도 심어야제

뭐시라도 심거야

뭐시라도 묵을 게다

　　　　　　　　　　　—「아가, 봄이란다」 전문


　서시에 해당하는 「아가, 봄이란다」에서 화자는 시인이자,
시인의 나이를 거쳐 간 부모 세대이다. 이때 '아가'는 시인이
면서 세상의 아이가 되기도 하다   인류는 자신이 습득한 지식
을 다음 세대에 전수하며 자신의 유전자를 보존해 왔다. 인류
의 생존에는 과거의 피, 땀, 눈물로 습득된 지식이 세대를 거
듭하며 만들어진 지혜가 있었던 것이다. 기술 문명이 발전해
도 과거에서 미래로 나아가기 위해선 '노동'이 필요하다. 그
런데 이 노동이 빛을 발하는 때는 '봄'이라는 시간대이다. 봄
에 '들에 나가면 보리 싹'이 여물고, '산에 나가면 새순'이 돋
는다. 이 시집에서 봄이라는 시간대는 아기의 시간이며, 부
모와 함께 지냈던 과거의 시간대이기도 하다. "4월 한 달은/
수줍게 아기 손을 내민다// 나도/ 4월 한 달은/ 저들처럼/ 부
드러워야겠다"(「4월의 악수」) 아기의 순수함과 호기심으로 가득
한 4월이라는 시간을 시인은 '저들처럼 부드러워야겠다'고 다
짐한다. 즉 이때만큼은 아기의 마음을 살려야 한다고 다짐하
는 것은, 한편으로 평소에 그러지 못하는 자신의 생활을 다
잡으려는 '지향'에 대한 의지의 표명이다. 어쩌면 시인에게
'봄'이라는 시간대는 영영 오지 않는 대과거의 시간인지도 모

른다. 왜냐하면 그 시간은 시인의 어린 시절과 함께 지나가
버렸기 때문이다.

아무리 현실이 견디기 어려워도 미래에 대한 희망을 놓지
않는 것이 시대를 견디는 문학의 힘일 것이다. 이 점에서 「아
가, 봄이란다」는 상실된 시간을 되찾고 싶은 시인의 문제에
해결의 모티브를 슬쩍 보여 준다. "집에만 있지 말고/ 어매
좀 도와 다오"라는 문장이 그것이다. 여기서 등장하는 '어매'
는 봄을 기다린 주체이며, 또 아가에게 자신의 지혜를 전수
하고자 하는 '대지의 어머니'다. 시인은 어머니의 몸인 땅에
구멍을 파고 "표 난 자리에 서너 알씩 넣고/ 손"을 넣는다. 대
지에 묻어 둔 씨앗이 어떻게 될지 아이는 아직 알지 못한다.
그러나 믿지 못하는 아이에게 어머니는 "뭐시라도 심거야 뭐
시라도 묵을 게다"라고 한다. 심는 행위는 곧 생존의 방법이
며, 추수에 대한 믿음이라는 것을 어머니는 말해 주고 있는
것이다. 이 점에서 땅에 묻어 둔 '콩'과 '깨'와 '고추'는 시인이
어머니에게 심어 둔 '시의 씨앗'인 셈이다.

봄은 보이지 않는 것을 상상함으로써 보는 계절이다. 이
상상은 심는다는 적극적인 체험을 통해 만들어진다. 이 체험
은 씨를 품어 '아이'를 출산한 어머니의 믿음에서 비롯된다.
즉 아이는 어머니의 종교인 셈이다. 김영관 시인은 서시에서
어머니의 신앙이었던 자신에 대한 발견을 '봄'이란 것을 끌
어와서 소박하면서도 오롯한 오래된 바람을 제시한 것이다.


　　내 안의

여린 호박순이
슬금슬금
돌담을 넘다가
이리저리 허공에
손짓만 하다가
아무것도 붙잡을 것 없어
고사리 같은 빈손을
가만히 움켜쥘 때
나는 문득
슬픔을 느꼈다

산다는 것은
지친 나를 이끌어
여기저기
거미줄을 치는 것인데
가끔은
내 마음 어디에도
걸칠 곳을
찾지 못할 때
스스로
거미줄을 몸에 둘둘 감고
나는 슬픔을 생각했다

—「슬픔에 대하여 1」 전문

하이데거는 말한다. '인간은 스스로 존재하는 방식을 선택한다.' 하이데거에 의하면 사물은 의도된 것에 의해 규정되지만, 인간은 스스로 존재하고픈 방식으로 존재한다. 인용 시 「슬픔에 대하여 1」에서 화자는 호박순이 고사리를 붙잡는 것을 보고 슬픔을 느낀다. 그 이유는 변변히 붙잡을 것이 없어 고사리순이라도 잡아야 하는 호박순의 처지에 자신을 비춰 보았기 때문일 것이다. 그리하여 시인은 "산다는 것은/ 지친 나를 이끌어/ 여기저기/ 거미줄을 치는 것"이라는 슬픔의 존재 방식을 찾아낸다. 우리가 책을 읽는 것은 현실에서 자기가 존재하고 싶은 방식을 찾기 위해서일 것이다.

위의 시에서 화자가 선택한 존재의 방식은 "걸칠 곳을/ 찾지 못"해 공중에 거처를 정하는 거미와 다를 것이 없다. 허공에 매달린 아파트처럼 시인은 퇴근 후에 거미줄을 타고 올라가듯 엘리베이터를 타고 거미의 집으로 간다. 그리고 그곳에서 잠이 든다. 그것을 "스스로/ 거미줄을 몸에 둘둘 감"는다고 생각한다. 공중에 몸을 매다는 일은 대지와 멀어지는 일이다. 대지와 멀어진다는 것은 곧 어머니와의 거리를 의미한다. 시인은 어머니의 품 같은 대지와 가깝게 살고 싶고 대지의 기운을 그리워하지만 그렇게 살지 못하는 것에서 슬픔을 느낀다. 그럴 수 없는 것은 생존 때문이다.

이때 몸을 거미줄로 감는 것의 이면에는 죽음에 대한 모티브가 숨어 있다. 몽테뉴는 철학을 죽음을 생각하는 학문이라고 말했다. 화자는 '내 안의/ 여린 호박순이/ 슬금슬금/ 돌담을 넘다가/ 이리저리 허공에/ 손짓만 하다가/ 아무것도 붙잡을 것 없어/ 고사리 같은 빈손을/ 가만히 움켜쥘 때' 같은 감 각적인 표현을 통해 죽음을 구체적으로 인식한다. 어쩌면 우 리는 조금씩 죽음으로 걸어가고 있는 셈이다.

### 3. 존재의 시원에 대한 그리움

다른 시 「어머니의 밥」을 보자. 시인의 어머니는 이미 오래 전에 작고하신 것으로 알고 있어, 오래전 과거에서 시저 발 상이 시작되었으리라 추측한다. 시인은 한 달 만에 어머니와 통화한다. 시간의 틈은 곧 거리를 의미하며, 이 거리는 생존 의 방식이 그만큼 멀리 떨어져 있음을 의미한다. 수화기를 통 해 오랜만에 서로의 목소리를 확인한 시인과 어머니는 "서로 밥부터 확인"한다. "밥은 먹었냐"는 말에 모든 걱정과 염려가 들어 있다. "어머니의 밥에는/ 설령 이런 것들 중 어느 하나/ 문제가 생기더라도/ 밥은 먹고 다니라는 말인 것을"(「어머니의 밥」) 시인과 어머니는 서로의 속사정을 아는 듯 모르는 듯 밥 이야기만 한다. 그러나 서로의 밥을 걱정하며 슬픔도 밥과 함 께 삼킨다. 그들의 위로는 묵묵히 서로의 밥을 걱정해 주는 일. 때론 침묵하는 것이 진정한 위로라고 시인은 생각한다. "위로는/ 다만 곁을 주고/ 같은 곳을 바라보며/ 침묵하는 것" (「침묵의 위로」). 놀라운 것은 서로의 안부를 확인하는 과정에서 화자는 스스로 거미줄을 몸에 둘둘 감고 느끼는 슬픔에서 간 신히 벗어난다는 점이다. 왜냐하면 시인이 느끼는 슬픔은 사랑을 전제로 하기 때문이다. 사랑의 무게는 대상에 대해 쏟은 시간의 총량과 비례한다.

> 온종일
> 고된 일을 하니
> 등 뒤쪽이 아파 온다
>
> 삽질하고 호미 들어
> 앞만 보고 일을 했는데
> 이상한 일이다
>
> 그래,
> 사람은 결국 등으로 일을 한다
>
> 앞으로 좋은 것만 보고
> 맛있는 것만 먹다가
> 고된 일은 등이 맞는다
>
> 침을 등에 맞고
> 파스를 등에 붙이고
> 등을 밟는 이유가 여기에 있다
>
> —「등으로 일하다」 전문

인용 시 「등으로 일하다」는 관계에 대한 이야기다. 고통은

'다른 사람의 것에서 불현듯 자신의 것'이 된다고 하지 않던
가. 서로가 서로를 경계하고 감시하는 사회는 코로나의 위협
이 일상화된 것을 의미한다. 그러나 이러한 두려움을 이기려
삽질하고 호미를 들어 대지에 땅을 파는 노동의 본질은 생존
에 대한 것이다. 그런데 이때의 앞(미래)을 보고 하는 노동의
이면에는 등(과거)이 있다는 것을 시인을 깨닫는다. 예술은
논리에서 시작하지만, 상상력으로 마무리된다는 정리가 여
기에 적용되는 셈이다. 앞으로 나아가기 위해선 수많은 뒤를
만들어야 하는 것. 일종에 '등의 발견'이라 할 만한 이 시에서
오롯이 침과 파스로 고통을 달래는 것은 등이라는 것을 깨닫
는다. 미래로 나아가기 위해선 과거가 있어야 한다는 것. 현
재는 어제의 미래였다는 것을 깨닫게 되면서, 과거(등)가 있
기에 현재의 노동이 있음을 깨닫는다. 이를테면 시인에게 '등
의 시간'은 밤이 될 것이다.

　　대패를 멈추게 하는 옹이
　　대패가
　　어떻게 옹이를 넘을까 주저한다

　　날이 상하더라도
　　단번에 넘을까
　　조금씩
　　옹이를 달래며 넘을까

끌과 망치가 있으니

대패가 할 일이 아니라고

말해 버릴까


대패가

옹이를 대하는 태도가

나를 닮았다

　　　　　　　　—「대패가 옹이를 만날 때」 전문


　인용 시 「대패가 옹이를 만날 때」는 시인의 실감 실정이 잘
드러난 작품이다. 시인은 아마도 소일거리로 대패를 만지는
일을 하나 보다. 나무를 다루는 일에서 삶의 구체성에서 빚어
내는 삶의 비의가 드러나고 있다. '옹이'를 대할 때도 시인은
대상과의 관계를 생각한다. 시인은 목공 도구와 나무라는 재
료가 상대를 극복해야 하는 대척점에 있다고 생각하지 않는
다. 오히려 끌과 망치의 행위가 대패의 역할로 연결된다. 마
치 세상 모든 일이 날줄과 씨줄로 이어져 있다고 생각하는 동
양적 사고관이 여기서 발휘된다. 그래서 자신이 바라는 세계
가 유일하다고 믿지 않았고, 보이지 않는 다른 세상이 있다고
생각했다. 창조와 종말이 아니라 생이 거듭하는 윤회를 믿게
된 까닭도 그런 이유다. 시간도 일직선으로 흐른다는 생각보
다는 전후좌우 사방팔방으로 연결된다고 보았다.


　평면의 나무는 고요했다

고요한 표면에
창칼을 박아 망치질하며
그 속을 들여다본다

칼과 끌로 자르고 긁어내니
아름다운 결 속에는
수많은 물관이 숨어 있었고
죽은 물관은 살점이 뜯겨 나가는 것을
결을 따라 붙잡고 있었다

죽은 나무 결 속에는 수많은 물관이
아직 자라고 있었다

—「나무를 새기며 2」 전문

키르케고르는 '사람이 절망하는 건 자기 스스로에게 절망
할 때뿐'이라고 했다. 화자는 탈출하고 싶었던 유년의 고향이
어쩌면 진정한 자유를 갈구하고자 했던 정신의 해방구였음을
깨닫는다. 무작정 떠나왔던 곳이 다시 복기해 보면 바둑의 행
마처럼 자유를 쟁취하기 위해 걸어왔던 발걸음의 하나였다는
것. "결국/ 서로 같은 처지에 놓인 것들이/ 그 절실함으로 서
로를 돕는다"(「같은 처지의 절실함」)는 것이었다. "나 자신을 움직
이는 동력은/ 언제나 내 안에 있었다"(「내력과 외력–TV 드라마 〈나
의 아저씨〉를 보고」)에서 나타나는 자의식은 또 얼마나 고독한가.

나무에 마음을 새기다
나무를 만져 보니 알겠다


수많은 간격을 두고 있으나
멀지 않고
수많은 질감을 갖고 있으나
똑같지 않고


쉬이 다룰 수 있으나
철보다 단단하고
좀처럼 길을 내주지 않으나
진흙보다 부드러웠다

　　　　　　　　　　　　　　　―「나무를 새기며 1」 전문


　이 시집에서 절창으로 꼽는 「나무를 새기며 1」은 삶의 한 행위가 의미를 갖게 되는 과정을 보여 준다. 모든 행위는 그 행위에 대한 본질적 이유에 대한 성찰이 필요함을 이 시는 말해 준다. 이 말은 시를 쓰는 행위가 자신을 돌아보는 계기가 되어야 한다는 것이다. 한나 아렌트는 『인간의 조건』에서 생동하는 삶을 의미하는 비타 아크티바Vita activa의 세 가지 조건으로 '행위' '노동' '작업'을 들었다. 자기 의지에 기반하지 않는 의식 없는 행위는 노동에 불과하다. 아렌트가 말한 것처럼 '세상에 의미 있는 무엇을 남겨 두려는 의식적인 행위'야말로 자신의 영속성을 확인하는 가장 주체적인 일인 것이다.

이런 점에서 「나무를 새기며 1」의 화자는 시를 쓰는 행위가 곧 나무를 새기는 일과 다르지 않음을 깨닫는다. 나무에 형태와 무늬를 더하는 일이 대상에 '마음을 새기는 일'과 다르지 않다는 것이다. 나무는 단순한 오브제에서 마음을 비추는 거울이 된다. 나무에 마음을 새기기 위해서는 먼저 나무의 마음을 얻어야 하기 때문이다. 누군가의 마음을 얻는 것처럼 어려운 일은 없다. 시인은 "쉬이 다룰 수 있으나/ 철보다 단단"한 나무의 마음을 지각한다. 그것은 세상의 일처럼 "좀처럼 길을 내주지 않으나" 한번 길이 되면 "진흙보다 부드러"운 소통의 창구가 된다. 세상의 모든 나무는 진흙의 마음으로 성장하지 않았던가? 시인은 나무를 키운 토대인 진흙의 부드러움을 보듯 나무를 거울로 비춰서 자신을 키워 온 부모의 마음을 발견한다. 우리의 선조들이 걸어왔고 또 우리가 걸어갈 그 길은 비슷하나 같지 않고, 개성의 질감으로 빛나는 인류의 역사다.

## 4. 아픈 이들에게 기울어지는 마음

3부의 '본능적인 그리움'에 실린 작품들은 사부곡이다. 시인은 존재의 부재에서 존재와 자신의 관계를 깨닫는다. 사랑은 인류가 생존을 위해 개발한 불멸의 진리다. 불확정의 시대에서 시인이 발견한 것은 자신이 살게 되는 사랑의 힘이라는 정언이다. 「천장遷葬─부모님 산소를 이장하며」 「아버지의 죽은 살」

「우리 엄마」,「어머니 뒷모습」,'귓밥에 대한 단상」 등의 작품이
그렇다. 부모에 대한 그리움의 정서는 죄송함과 연결되는데,
이는 착한 시인의 심성 때문일 것이다. 이러한 작품들은 소네
트풍으로 이뤄져 있다. 소네트는 사랑하는 대상에 바치는 연
시로 현재 시인이 느끼는 사랑의 부재를 생생하게 보여 준다.

　이 사랑의 부재가 공동체의 기억과 함께할 때 시는 곧 시대
의 상처와 호흡하게 된다. 예컨대 한 시대를 송두리째 빨아들
이는 이슈가 있다. '한국전쟁' '4·19' '80년 광주' '세월호' '광
화문 촛불' 등은 이제 일반명사가 되었다. 거대한 이슈 앞에
서 개인의 일상은 사라진다. 어쩌면 동질의 아픔을 함께 겪
으며 그 시간은 더 이상 자신의 것이 아니게 되는 것이다. 결
국 '아픈 사람이 글을 쓰게 된다.' 아프면 뒤돌아보게 되기 때
문이다. 시인은 그동안 안 아픈 것처럼 살았다고 고백한다.
뒤돌아볼 겨를 없이 사는 동안 하나둘 주위를 떠난 사람들이
생긴다. 그리고 누군가 자신을 떠나면 아픔이 찾아온다. 아
픔의 크기는 사랑한 만큼 내상도 크다. 어느덧 사랑하는 사
람들이 떠나고 시인은 그때마다 아파한다. 어쩌면 글을 쓴다
는 것은 아픔을 토로하는 행위인지도 모른다. 시 쓰는 행위
는 자신의 아픔을 같이 앓아 줄 또 다른 자아를 만나는 일인
지도 모른다. 그래서 시인은 아픈 사람들에게 기울어져 있는
양동이와 같다.


　　내 사랑도 그랬다
　　누군가

내 마음을 발로 차 주지 않으면

당신에 대한 사랑이

가득 차 있음을 알지 못했다

—「양동이 물을 건들다」부분


어떤 대상도 발로 함부로 찰 권리를 가지고 있지 않다. 그러나 세상의 갑을 관계는 상대를 너무도 쉽게 생각한다. 유아론적 세계관의 소유자거나, 다른 곳에서 받은 상처를 돌려주려는 이들이 너무 많다. 욕망이 거절되었을 때 발현되는 폭력은 전해진다. 시인이 경험하는 세상도 마찬가지다. 평상심을 유지하려 해도 함부로 하려는 이들을 도처에서 만나게 된다. 피할 수 없다면 시선의 전환을 시도한다. 사랑의 위대함은 위기의 크기에 비례한다. 그래서 시인은 외부의 자극이 곧 사랑의 위대함을 깨닫게 하는 계기가 됨을 말한다. 이러한 발견의 의식은 자신만의 기억의 풍경을 아름답게 재구축한다. 이러한 재인식의 과정을 통해 "당신은/ 양동이에 물이 보이지 않는다며/ 한사코 양동이에는 물이 없다고 했다"고 하지만 시인은 "언제나/ 양동이에 물이 가득 차 있었다"고 단언할 수 있는 것이다.


나는 이럴 때

시를 쓴다


시를 쓴다는 것은

마땅히
그래야만 하는 일이
그렇지 못할 때

끝까지
인간성을 놓지 않는 일

그렇게
하고 싶지 않더라도
결국
그래야 하는 일일 때

나는 내 안에
문득문득 치솟는
악을 꽉 깨물고
어쨌든
선을 발하려

　　　　　　　　　　　　　　—「시를 쓰다 3」 부분


　시인의 마음에 자리한 의식적인 행위는 다른 시에서도 풍
경 재인식을 통해 아름답게 그려진다. "내 마음에도 너를 향
한 기울기가 있었다"(「내 마음의 기울기」), "눈물의/ 수맥을 찾
아/ 끊기 위해서/ 눈물샘에/ 수저를 들어/ 우물을 판다"(「슬픔
에 대하여 2」), "해 질 녘 형은 죽은 염소를 안고 대문을 넘으며

큰 소리로 울고 말았다…… 형은 큰기침을 한번 하더니 국물에 밥을 말아 먹기 시작했다"(「염소 장학생」) 등의 작품이 그것이다. 시인의 인식한 과거는 시간의 경계를 넘어 내일을 살기 위한 일상의 반성과 성찰의 연장선에서 보인다. 시인은 "목욕탕에 가면/ 내 인생 모두가 있다"고 말한다. "내일을 살기 위해/ 한 바가지의 물을 주고 있다"(「목욕탕에 가면」)는 일상의 발견은 또 얼마나 숭고한가.


## 5. 시로 생활기록부를 쓰다

시인의 삶은 시와 길항한다. 시인은 삶과 문학이 일치하지 않는 데서 시적 비애를 느낀다. 직업인과 시인의 자의식이 타자로 작용하는 순간에 시인의 비애의 공간을 비껴가며 이를 기록한다. 교사 시인으로서 교육 현장은 교사로서의 자의식이 발현됨과 동시에 현실의 다양한 모순이 발현되는 '장'이다. 이 점에서 5부 '시로 쓰는 생기부'는 우리나라 교육 시의 최끝단에 자리 잡고 있다. 이 장에 수록된 작품은 시인이 담임한 학생에 관한 이야기다. 김영관은 직업인에서 시인으로 내적 논리를 바꾸게 된다. 김영관이 5부에서 의도한 언술의 전복 전략은 학력 지상주의에서 벗어나지 못한 우리나라 교육제도의 내부에서 논리를 파훼하는 효과를 얻는다. 몇몇 시들을 살펴보자

남해 바다

돌섬 절벽 위

방풍나물 닮은

섬 소년을 본다


가끔

너의 까만 눈동자에

남해 바다의

출렁거림이 보인다

—「시로 쓰는 생기부−방풍나물」 전문

  '방풍나물'이 어떤 학생인지 만나 보지 않아도 그의 인상과 품성이 어떠한지 머릿속에 그려진다. 교사인 시인에게 제자에게 감정이입이 일어나는 것은 당연하다. 각 편마다 개개인의 특성과 개성이 물씬 드러난다. 위의 시에서 노지에서 자란, 그것도 '바닷가 돌섬 절벽 위'에서 자란 방풍나물은 강인한 생명력을 상징한다. "너의 까만 눈동자에/ 남해 바다의/ 출렁거림이 보인다"라는 표현은 아이의 순수하고 우수에 찬 모습일 것이다. 대상에 대한 깊은 이해와 애정, 공감이 없었더라면 이런 표현이 쉽지는 않았을 것이다.

  "시로 쓴 생기부"는 제목의 특성상 반어적 의미를 갖는다. 정량화된 데이터로 개인을 기록한다는 것은 또 얼마나 비시적인 일인가? 김영관은 생기부의 사회적 요건을 전복하기 위해 직설적인 표현을 우회하고 비유하는 시적 전략을 활용한다. 이로써 애초에 생기부로서의 활용 가치는 사라지게 되고 다양한 개인의 목소리가 시적 언술로 다시 태어난다.

> 떡갈나무 숲을
> 거닐다
>
> 도토리 한 개
> 주워다
>
> 입김 몇 번
> 불어 넣었다
>
> 먼지를
> 불어 냈을 뿐인데
>
> 어느새
> 새싹이
> 올라오고 있었다
> ―「시로 쓰는 생기부―입김을 불어 넣다」 전문

인용 시의 '입김'은 아마도 '관심과 사랑'이었을 것이다. 시인은 한 학생에게 지속적인 관심과 사랑을 주어 긍정적인 변화를 끌어냈을 것으로 생각한다. 처음에는 "도토리 한 개"에 지나지 않았으나 '먼지'를 불어 내니 '새싹'이 올라오고 있다.

이처럼 "시로 쓰는 생기부"에 수록된 시들은 한결같이 따뜻한 시선으로 대상을 바라보고 있다. 때로는 "내일은 머리가/ 아플 예정"(『시로 쓰는 생기부—주 아픔』)처럼 교실 환경은 전쟁터일 테지만 그것에 분노하거나 좌절하지 않고 시인만의 독특한 시선 처리로 어려움을 극복하고 있다.

교사는 학생을 통해 자신을 타자화한다. 교사는 또 다른 자신을 만나며 새로움을 발견한다. "감자밭 이랑에/ 파뿌리만 한/ 감자 순// 흙을/ 파 보기 전에는/ 미처 몰랐다// 저리도/ 여린 순이/ 이렇게 큰 감자를/ 달고 있는 줄"(『시로 쓰는 생기부—뿌리채소의 비밀』)을 보면 학생의 잠재력을 포착한 기쁨이 드러나 있다. 또한 "때로/ 네가 나보다/ 낫다는 생각을/ 할 때가 있다"에서 보듯 "학생이/ 교사를/ 성장시킨다는 말"(『시로 쓰는 생기부—역시 실장』)을 증명해 보인다. 때로는 학생들을 지도하면서 느끼는 애로와 연민이 묻어나기도 한다. "아이는/ 때때로// 어른 옷을 입고/ 노랑 풍선을 들고/ 서 있었다"(『시로 쓰는 생기부—어른 아이』)에서 보면 이미 성인과 비슷한 몸집이지만 그 안에는 아직 '아이'가 숨어 있어 교사의 의도와 다르게 행동하는 것임을 짐작하게 한다. "어쨌든/ 밥은 먹어야 살지/ 내일도 꼭!/ 밥 먹으러/ 오라고 했다"(『시로 쓰는 생기부—급식소에서』)에서도 학교 현장에서 학생 지도의 어려움이 그대로 묻어난다.

김영관은 생기부를 시적 소재로 발견함으로써 여전히 불균등한 교육 현장의 모순을 드러낸다. 그리고 은밀하게 적용된 현존(presence)에 여전히 개성적인 아이의 모습을 재현함으로써 생기부가 갖는 권력에 균열을 만든다. 교사 시인으로서의 특장이 발현된 이 시를 통해 우리나라 교육 시는 "시로 쓰는 생기부"라는 새로운 이정표를 갖게 되었다.


## 6. 시를 쓴다는 자의식에 대한 회복 의지

지금까지 김영관의 시를 읽어 온 것처럼, 김 시인의 세 번째 시집에서 볼 수 있는 것은 생활적 실감과 기억의 자리에 대한 면밀한 탐색이다. 시인은 생활과 기억 사이에 면밀한 균형감을 보여 주고 있다. 서정시의 본령은 자기 기원에 대한 진지한 탐색과 성찰을 창작의 중요한 본령에 놓는다. 즉, 문학을 한다는 것은 '왜 문학을 하는가'를 스스로에게 묻는 과정인 것이다. 이 점에서 창작의 전 과정에 있어 '왜'에 대한 질문과 성찰이 없다면 미학적 탐색에 미치지 못하고 마는 것이다. 이 말은 시 쓰기는 '문학이라는 나무'를 키우는 과정에서 만나는 삶의 편린이 고유의 빛을 투사하는 광합성에 다름 아니라는 점이다.

시 쓰기는 '지금, 여기' 나의 삶을 대면하여 알아 가는 일이며, 그 점에서 나를 아는 것은 곧 문학을 살아가는 것과 같다. 김영관의 시는 '여기'에 뿌리를 내려 스스로 자기 본연의 정체성을 찾아가며 굳건해진다. 그의 문학은 '지금'의 햇빛과 비와 바람을 마시며 근원적 '대지'의 모성에 뿌리박고 성장한다. 그가 키운 나무들이 모여 가족이라는 숲이 된다. 시인이

가꾼 숲에서 독자는 자신의 나무를 찾아가는 길을 발견하고 나무를 안으며 새로운 힘을 얻는다.

　김영관 시인에게 문학이 삶의 원동력이 되기까지 얼마나 많은 숙고의 시간이 흘렀는지 필자는 잘 알지 못한다. 그러나 이 시집에 수록된 시들에는 '왜 문학을 하는가'에 대한 질문에 골똘했을 시인의 모습이 투영되어 있다. 시인의 물음이 문득 깨어나 주광성의 열망으로 대지를 뚫고 나와 한국 문단에 서정의 그늘을 펼쳐 보인다. 김영관의 시가 이 경지에 닿기까지 수많은 질문과 성찰을 게을리하지 않았다는 점이 미덥다.

　코로나가 휩쓸고 간 이 세상에 세 번째 시집을 상재함은 곧 희망의 시를 대지에 뿌리는 의식일 것이다. 이 시가 언젠가 싹을 틔우고 자라나 누군가에게 그늘이 되는 나무로 푸르게 빛날 것을 상상한다. 이 아름다운 서정의 숲을 함께 걸으며 지난 얘기를 함께 나눌 것을 희원한다.

# 천년의시인선